이 책의 내지는 석회가 포함된 미색모조지 대비 눈의 피로도가 적고 이라이트지(100% 천연펄프로 제작된 고급지)를 사용하여 제작되었습니다.

고등학생이 바라본 스포츠 마케팅

펴낸 날 2020년 8월 11일

지은 이 이성진, 김재원

펴낸 이 한건희

펴낸 곳 주식회사 부크크
- 출판사등록 2014.07.15.(제2014-16호)
- 서울 금천구 가산디지털1로 119, A동 305호
- 1670-8316
- info@bookk.co.kr

ISBN   979-11-372-1465-1

www.bookk.co.kr
ⓒ 이성진, 김재원
이 책은 저작자의 지적 재산으로서 무단 전재와 복제를 금합니다.

고등학생이

바라본

스포츠 마케팅

이성진·김재원 공저

목차

1. 이 책을 펴며

이 책은 고등학생인 우리가 스포츠 마케팅이라는 주제로 진행한 진로 활동의 결과물으로, 약 9개월 간의 활동을 요약한 책입니다.

이 책이 다른 학생들이 스포츠 마케팅을 바라보는데 도움이 되었으면 합니다. 비록 조금 부족하더라도 양해 부탁드립니다.

지금까지 활동을 진행하고, 이 책이 나오기 까지 큰 도움을 주신 학교 선생님들, 업계 관계자 분들 등 모든 분들에게 감사하는 마음을 담아 이 책을 펴냅니다.

2. 우리가 스포츠 마케팅을 바라본 이유

우린 처음엔 그저 축구나 야구에 관심이 많은 갓 고등학교에 올라온 학생들이었을 뿐이었다. 우리가 스포츠 마케팅에 관심을 가지게 된 이유는 무엇일까.

때는 2019년 4월쯤 한참 피파가 주관하는 U-20 청소년 월드컵으로 온 나라가 뜨거웠을 때였다. 동시에 고등학생인 우리는 진로시간에 뭘 할지 한참 고민하고 있던 때기도 했다. 무엇을 주제로 할까 고민하던 중, 당시 결승까지 올라가게 되어 뜨거웠던 청소년 월드컵 이야기가 우연히 나오게 되었다. 그렇게 우리는 자연스럽게 우리나라 국가대표 선수들에 대한 이야기를 나누었다. 우리는 당연히 보다 수준 높은 축구를 경험하고 있는 해외파 선수들이 대부분 주전 자리를 차지한 줄 알았으나 예상 밖이었다. 스타팅 11은 K리그에서 활약하고 있는 선수들이 중심을 이루고 있었다. 그런 국내파 선수들이 중심이 되어 4강까지 올라갔던 것이 우린 모두 놀라웠고, 신기했다.

그런데 문득 생각했다. 우리는 왜 아무도 이런 훌륭한 선수들이 국내리그인 k리그에 있던 것을 몰랐을까.

이 물음은 곧, "우리는 바다 건너 먼 나라 시차 반나절 이상 차이나는 영국, 스페인 같은 유럽리그는 관심 있게 보면서, 정작 우리가 좋아하는 한국 축구의 뿌리인 K리그에는 관심을 가지지 않았을까." 라는 물음으로 이어지게 되었고, 우리는 이런 가설을 내릴 수 있었다. (2020년

기준) 9년 연속 세계프로축구리그 아시아 1위를 차지하고 있는 k리그가 비교적 인지도가 낮고, 사람들이 관심을 가지지 않는 이유는 결국 사람들에게 'k리그'라는 스포츠를 이용하고 알리는 마케팅, 즉 스포츠 마케팅이 효율적으로 이루어지지 않아서가 아닐까? 따라서 현재 이루어지고 있는 국내 스포츠 마케팅을 조사해보고 우리만의 마케팅을 만드는 것을 목표로 활동을 진행하게 되었다.

3. 우리나라 스포츠 마케팅 현황

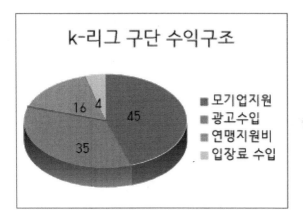

우리나라 스포츠 마케팅 현황을 알아보기 보기 전에 전체적으로 살펴보자.

다음 표를 보면 알 수 있듯이 우리나라 스포츠 시장은 구단이 단독으로 독립해 자체적으로 수입을 내는 구조라기보다는, 대기업이나 모기업의 후원에 의지하여 구단을 운영하고 있다. 그러

다보니 구단은 모기업의 홍보에 치중할 수밖에 없어진다.

대표적인 예로 프로야구 구단들이 있는데 우리나라 야구단은 대기업들이 홍보를 목적으로 막대한 예산을 쏟아 부어 운영을 하고 있지만 수익 창출을 통한 구단 운영이 목적이 아닌 자사의 제품이나 관련홍보가 목적이다 보니 적자가 나는 구조이다.

하지만 최근에는 상대적으로 적은 투자를 받는, 리그 규모가 작은 리그부터 보다 효율적인 운영을 하기 위한 목적 스포츠 마케팅의 중요성이 대두되기 시작해 점차 리그가 규모 큰 리그까지 스포츠 마케팅의 중요성이 확산되고 있는 추세이다.

다음으로 현재 구단들이 진행하고 있는 스포

츠 마케팅에는 무엇이 있는지 살펴보자.

먼저 국내 프로야구 구단 중 국내 프로야구 최고 인기구단인 엘지트윈스를 살펴보자.

엘지 트윈스의 스포츠 마케팅에서 가장 눈여겨 봐야할 점은 바로 유튜브 채널 운영이다. 현재 스포츠 마케팅 뿐 만 아니라 마케팅 전 부분에 있어서 강조되는 점이 니즈를 요구하는 소비자들과의 소통이다. 즉 관계 마케팅을 이용한 것인데, 관계 마케팅이란, 기업과 중간공급업자 소비자 간의 유대 관계를 강화해 장기적으로 신뢰할 수 있는 관계를 만들어, 기업의 수익을 증대시키기 위한 마케팅 전략이다.

이런 점에서 미루어 보았을 때, 엘지 트윈스가 하는 유튜브 구단 채널 운영은 매우 긍정적으로 바라 볼 수 있다. 물론 구단 채널을 운영하는 프로 스포츠 구단이 엘지 트윈스만 존재하는 것은 아니다. 하지만 엘지 트윈스의 구단 채널 운영이 앞서 특별한 이유는 관계 마케팅을 활용한 소통을 중심으로 했기 때문이다.

소통을 중심으로 구단 채널을 운영했다는 것이 두드러져 보이는 점은 영상 콘텐츠를 보면 알 수 있다.

대부분의 영상 콘텐츠들이 '팀 내에서 가장 옷 입는 센스가 누가 가장 뛰어난 사람이가요?' 같은 사소한 주제를 뽑아 선수들이 직접 투표하는 방식으로, 팬들이 궁금해 하는 사소한 이야기들을 해소해 준다든가, 그 주의 좋은 활약을 했던 선수나 팀 내 인기 선수와의 인터뷰를 통해 미리 준비해둔 팬들의 질문을 대답해주는 QnA 형

식을 채용하여 영상을 만든 것이다.

이런 점에서 엘지 트윈스의 유튜브 구단 채널 운영방식 및 영상 콘텐츠들은 팬들과의 적극적이면서도 친근한 소통의 대표적인 예시라고 할 수 있다.

두 번째 예로 요즘 K리그에서 큰 인기와 사랑을 받고 있는 대구FC는 경기장을 친환경적으로 이용하는 마케팅 그린 마케팅을 차용하고 있다.

먼저 그린 마케팅이란, 상품을 생산하거나 서비스를 이용하는 과정에서 환경적인 부분을 고려하여 친환경적인 상품이나 서비스를 생산해내는 것이다.

이 점을 적극 홍보하여, 소비자로 하여금 기

업에 대한 긍정적 이미지를 심어 궁극적으로 기업의 매출을 올리는데 목적을 두는 마케팅 전략이다.

이를 대구FC에 대입해 보면 구단의 연고지인 대구DGB파크에서 경기를 할 때 발생하는 엄청난 양의 쓰레기를 친환경적으로 처리를 한다는 점을 적극적으로 홍보하면서, 대중들에게 구단에 대한 긍정적 이미지를 심었다. 이를 통해 대구FC가 팬을 확보하는데 있어 큰 도움이 되었다.

마지막으로 볼 예시는 FC서울의 마케팅이다. 이를 조사하기 위해, FC서울의 관계자와의 인터뷰를 진행했다(2019년). 먼저 인터뷰를 공개하자면 다음과 같다.

Q. 서울은 사실 인구 1000만 도시이고, 그만큼 잠재적인 fc서울의 팬이 타 구단에 비해 많을 것으로 예상되는데 fc서울은 이러한 점을 어떻게 이용하나요?

A. 저도 처음에 이곳에 왔을 때 1000만 중 1%만 해도 10만 명이기 때문에 큰 기대를 하고 왔습니다만, 인구가 많다고 많이 찾아오는 건 아니더라고요. 생각의 전환을 해보아서 코어층이라고 할 수 있는 20~50대 중 축구를 좋아하면서, 하는 것 보다 보는 것을 즐기고, 본다면 fc서울의 팬일 확률은 1000만 중 큰 비중을 차지하고 있지 않더군요.

서울은 경기를 보러 오게 하는 마케팅으로 행정제제, 비용문제가 발생하는 오프라인 마케팅 보다는 sns 등 온라인에 더 치중을 두고 있고, 경기를 또 보러 오게 하기 위해서 경기장 안팎에서 팬들에게 다양한 이벤트를 제공하고 있습니다.

Q. 요즘 K리그에서 키즈 마케팅에 많은 비중을 두고 있다고 들었는데 서울은 어떤 활동을 하나요?

A. 사실 예전부터 키즈 마케팅은 이루어졌습니다. 서울은 연간권 중에 어린이권이 있고, 유소년 축구교실을 운영했었지만, 현재는 적자가 심해 규모를 축소하고 있습니다. 축구교실의 경우에는 모든 구단이 거의 의무적으로 하고 있는 활동입니다.

요새는 키즈를 넘어선 '패밀리 마케팅'이 추세입니다. 주로 fc서울은 '엄마'를 공략하기 위해 계획 하고 있죠(ex파우치 제공, 뷰티 네일아트 등) . 엄마가 오기 좋아야 아이와 함께 한번이라도 더 오게 되거든요.

Q. 2014년에 fc서울에서 팬이 중심이 되어 직접 경기를 운영하는 "팬들의 팬들에 의한, 팬들을 위한, Fansation" 활동을 진행했다고 들었는데, 이는 어떤 활동인가요?

A. 이 활동은 제가 다른 부서에서 일할 때 이루어졌던 것이라 자세히는 모르겠네요. 저는 이곳에 처음 왔을 때 당연히 사람들이 우리가 준비한 것을 보러 올 것이라고 생각했었어요. 하지만

입장을 바꿔서 생각해보니, 그건 재미가 없을 것 같더군요. 그래서 '팬들이 무엇을 하고 싶어할까?'라는 생각을 해보게 되었어요. '경기장에 들어가보고 싶지 않을까? 들어가서 공 한 번 차보고 싶지 않을까? 장내 MC를 맡아보고 싶지는 않을까? 선수 손 잡고 들어가 보고도 싶겠다.'라는 생각들을 하며 이제껏 이벤트를 진행해 왔어요. 이후 '팬과 함께하지 않으면 안된다'라는 것을 깨달았어요. 그래서 저희가 만든 슬로건이 '팬과 함께 2019'이에요. 우선 팬들이 모든 것을 즐길 수 있게 떨어져있던 관중석과 응원단상을 합쳤어요. 그리고 v걸스는 응원보조 역할을 하고 서포터들이 응원을 리딩하게끔 했죠. 저희가 올해 한 일들 중 가장 보람있었던 일은 경기장에서 스타팅 라인업을 관중들과 함께 부르는 것이었어요. 그리고 앞으로 계획하고 있는 것은 관중들과 킥오프를 같이 하는 거에요.

관중석에서 바라봐도 내가 경기를 운영하는 기분이 들게 하는 것이 지금 fc서울이 지향하는 것입니다.

Q. 2006년부터 서울이 지역 연고 의식을 강화하기 위해 일본 J리그 컨설팅 회사와 계약을 맺고 'FC서울 2035비전'을 실행 중인데, 이는 어떤 활동인가요?

A. 2035년이 fc서울이 창단한지 50년이 되는 해입니다. (하게 된 이유는)전체적으로 구단의 현재 상황을 알아보고 싶었어요. 구단이 지향해야 할 비전을 찾아야 해서 외부에 컨설팅을 받아

진단을 받고 J리그 직관도 해서 벤치 마킹도 했죠. 이후 컨설팅 회사에서 2035년까지의 플랜을 제시해줬어요. 유소년 사업, 마케팅의 단계적 레벨업이 포함되어 있었죠. 지금도 그 컨설팅을 바탕으로 진행하고 있고 이것은 대한민국 프로 구단 중 처음이에요.

Q. 진행 중인 CSR 활동(사회공헌활동)은 무엇이 있나요?

A. 마포구청과 MOU를 맺어 경기를 보고 싶지만 보지 못하는 소외계층들에게 신청 시 티켓을 제공하고 있어요. 최근에는 교통안전공단과 협력해 교통사고 유가족들에게 신청 시 티켓을 제공하고 있어요. 고성 산불 당시 이를 진압한 소방관과 가족들에게 티켓을 제공했고, 소방관 중

한 분께서 시축을 해주셨어요. 연예인이 왔을 때보다 관중들이 더 큰 박수를 쳐주시더라고요. 뿌듯했죠. CSR 활동은 미리 대상을 정해서 하기도 하지만, 그때그때 필요한 사람들에게 제공하려 하고 있어요.

Q. 마케팅을 구상하시면서 한계점이나 힘든 부분을 느끼실 때가 있나요?

A. 지식의 한계죠. 제가 하루에 책을 1권씩 읽는데, 그래도 아이디어가 고갈될 때가 있더라고요. 그래서 휴가를 가곤 하는데, 어디든 가다보면 정말 엉뚱한 곳에서 아이디어가 생기더라고요. 구멍가게에서 물을 사며 할머니와 대화하다가 무슨 일 하나고 물어보시길래 축구 쪽에 있다고 하니, '선수여?'라고 하시길래, '아, 이분들

에게 축구란 선수구나'라는 생각이 들었고, 이 이미지를 깨고 '축구는 선수가 아닌 보는 것이다'라는 생각을 하게끔 해야겠다고 생각했어요. 그래서 진행한 것이 전광판에 'FM서울'이라는 보이는 라디오를 진행하게 되었어요. 관중이 사연을 보내주면 하프타임 때 읽어주는 거죠.

인터뷰에서 알 수 있듯, 현재 FC서울은 키즈 마케팅을 비롯한 패밀리 마케팅을 활용하는 모습을 찾아 볼 수 있고, 관계 마케팅적인 요소가 보이는 마케팅도 볼 수 있었다. 또한 국내 프로 구단 중 처음으로 외부에 컨설팅을 맡기는 'FC서울 2035비전' 역시 실행 중이다.

이렇듯 현재 우리나라 마케팅 현황은 앞서 보

여준 3개의 예시처럼 구단마다 다양한 시도를 하고 있는 상황이며, 아직까지는 스포츠 마케팅이 주목받기 시작한 초기단계이다 보니 여러 가지 시도를 하는 모습을 주로 볼 수 있었다. 그러나 시간이 갈수록 발전되고 개선되는 모습을 보여 주고 있는 상황이다.

4. 우리가 직접 만들어 본 스포츠 마케팅

2장과 3장의 내용을 바탕으로 최종 목표였던 우리만의 마케팅을 만들어 보았다.

4-1. 1인가구 마케팅

먼저 1인가구 마케팅을 선정한 이유와 필요성을 설명하자면, 현재 대한민국은 다양한 이유로 전통적 가족 공동체가 해체되고 가정 구성원이

소수인원으로 이루어진 핵가족이나, 구성원이 단 한명으로 이루어진 1인가구도 급속도로 증가하는 추세이다.

실제 통계청의 자료에 의하면, 1인가구는 현재 2019년 집결 기준 약 584만 가구로, 전체가구수의 29.3%를 차지한다. 이전에 비해 점점 증가하는 추세 또한 보여주고 있으며, 향후 예상되는 1인가구수도 꾸준히 증가하고 있다.

이에 사회적 분위기가 혼자 밥 먹기 혼자영화 보기 등 혼자서 문화생활을 하는, 일명 '혼족'이 많아지는 상황에서, 아직까지 '스포츠'는 혼자 즐기기에는 부담스러운 여가 생활이라는 인식이 있다. 하지만 혼자 축구장에 가서 축구 및 야구 등 스포츠 문화를 즐길 수 있는 환경을 적극적으로 조성한다면, '혼족'의 범위는 넓어질 수 있고, 자연스럽게 국내 리그 관중을 유치할 수 있다.

그렇다면 1인가구 마케팅이란 무엇일까?

1인가구 마케팅의 사전적인 의미는 1인가구를 겨냥한 마케팅이다. 자세히 말하자면 1인가구 마케팅이란, 작고 실용적인 것을 뜻한다.

구분	1인가구 소비성향
소형화 (small)	1인가구는 대부분 협소한 공간에 거주하므로 소형화 선호
개인중심 (selfish)	자기만족과 자신을 위한 소비 중심 개인의 취향 및 생활패턴을 지원하는 곳에 소비
스마트화 (smart)	실용성과 가성비 좋은 스마트 상품이 인기

서비스화 (service)	간편하고 한 번에 해결가능한 것을 선호

위의 표는 1인가구 마케팅의 특성을 정리해 놓은 것으로 앞으로 자주 언급할 것이다.

그렇다면 1인 마케팅의 예로는 무엇이 있을까? 식당에서 굳이 2인분이상 시키지 않고 1인분부터 주문 및 배달이 가능하다거나, 불필요하게 많은 양을 사지 않고 필요한 만큼만 살 수 있도록 제품이 단품으로 구성되어 있는 것들 또한 1인 마케팅이라고 할 수 있다.

1인 마케팅을 활용한 조금 더 구체적인 사례를 살펴보자면, 대표적으로 배달 어플이 있다. 1인가구는 직접 만들어 먹는 거 보다는, 뒤처리가 비교적 편한 배달이나 외부에서 먹는 것을 더 선호한다. 이에 치킨 피자 같은 원래 배달 가능했던 음식 이외에도 본래 배달이 불가능했던 음식 역시 배달대행이라는 배달 어플의 신박한 방식 덕분에 음식배달이 가능해졌다. 오늘날 1인가구 및 자취생의 필수 어플리케이션 1순위가 배달 앱일 정도로 1인 가구에게서 큰 호응을 얻고 있다.

그렇다면 스포츠에서 1인 가구 마케팅은 어떻게 활용 및 적용되어야 하고, 기대되는 효과는 무엇일까? 스포츠 마케팅에서의 1인 가구 마케팅이 이루어야 할 점은 1인 가구에게 혼자 축구장을 방문해서 축구라는 스포츠 문화를 즐길 수 있는 환경을 조성해야 한다는 점이다. 이를 위해서는 축구장이 앞서 언급한 소형화, 개인중심 스마트화, 서비스화라는 조건 중 적어도 하나 이상은 만족해야 한다.

축구장에서는 현실적으로 소형화와 개인중심화는 어려우므로 스마트화와 서비스화에 초점을 두어야 한다. 축구장의 스마트화에 관해 말하자면, 현재 진행 중인 VAR시스템 (비디오 판독 시스템), 골-노골 판독 시스템(호크아이), 전광판과 같은 경기 내에서 활용하는 것을 넘어서 축구장 내에 있는 서비스 편의 면에서 스마트화를 이루어야 한다.

생각해볼 수 있는 스마트화는 총 세 가지로, 첫 번째는 무인 판매기이다. 현재 축구장에서의 무인 판매기는 이미 예매한 표를 종이로 인쇄하는 것만 가능하다. 현장에서 기계를 통해 표를 살 수는 없기 때문에 사전에 예매를 하지 못했다면, 현장의 매표소에서 길게 줄을 서며 기다려야 하는 불편함이 있다. 이를 현장에서도 표를 살 수 있는 무인 판매기로 대체 하게 된다면 굳이 사전 예매를 하지 않아도 현장에서 간편하게 표를 살 수 있으니, 훨씬 편리하고 혼족들의 구장 방문에 대한 부담을 덜어줄 수 있다.

두 번째로는 경기장 내의 좌석에 열선을 설치해, 일정기온 이하로 떨어지면 열선이 작동하여 추운 겨울에도 경기를 보는 데에 지장이 없게 만들어 주는 것이다. 이런 서비스적인 측면은 관중들에게 경기장이라는 공간을 여가의 공간이면서도, 휴식의 공간이라고 인식하게끔 도울 수 있다.

마지막 세 번째로는 축구장 내에 있는 음식점에서 스마트폰 어플을 통해 간편하게 주문할 수 있는 수단을 만든 뒤, 주문한 음식이 자신의 좌석으로 배달되는 스마트 시스템이다. 이를 통해 번거롭게 음식을 사러 자리에서 일어나 움직일 수고를 덜어준다.

다음으로 생각되는 서비스화에는 두 가지가 있다.

먼저 첫 번째는 기능의 다각화이다. 즉, 축구장에서 축구만 즐기는 것이 아닌 다양한 문화 시설을 함께 설치하여 스포츠 문화뿐만이 아니라 다른 문화들도 축구장 내에서 즐길 수 있게끔 하는 것이다.

예를 들어 축구장에 축구 경기장만 있는 것이 아닌 대형마트, 영화관, 카페 등과 같은 여러 편의 시설을 같이 설치하여, 앞서 말했듯이 축구장 내에서도 다양한 문화 시설을 이용할 수 있다.

이를 통해 기대해 볼 수 있는 효과는 축구장

내에서 축구뿐만 아니라 다양한 문화시설을 같이 이용하게 되면 축구장이라는 장소만 방문한다면 영화도 볼 수 있고, 대형마트에서 장을 보거나 식사를 할 수 있으며, 따로 마련된 스포츠 시설에서는 민간인이 스포츠를 즐길 수도 있는, 다목적 공간으로서 재탄생할 수 있다. 이는 1인 가구의 소비성향인 '실용성'을 충족시켜 주기에 충분히 1인가구를 사로잡을 수 있다고 생각된다. 부수적으로 이런 종합 문화예술 시설은 1인 가구뿐만 아니라 모든 사람들에게 매력적인 장소가 될 것이다.

앞서 소개한 방법들은 1인가구가 축구장을 방문할 명분을 만들어 주는 느낌이라면, 두 번째로 고려할 수 있는 서비스화는 본래의 목적에 맞게,

1인가구가 축구장에서 부담 없이 축구를 감상하게 해줄 방안이다. 바로 축구장의 좌석을 나누는 것이다. 조금 더 자세히 말하자면, 축구장의 좌석을 열심히 응원하는 사람들을 위한 응원 좌석과, 혼자서도 순수하게 축구를 관전하면서 현장감을 느끼기 위해 축구장을 방문한 사람들을 위한 좌석을 나누어 놓는 것이다.

사실 '축구장이 축구팀 응원하러 가지, 축구만을 보러 갈 거면 집에서 tv로 편하게 보면 될 것을 굳이 뭐 하러 축구장까지 가서 보나'라고 할 수 있다. 하지만 집에서 역시 즐길 수 있음에도, '혼족'들의 필수 코스가 되어버린 영화관의 사례를 고려한다면, 축구장 또한 혼자서 방문할 만한 가치가 있는 장소가 될 수 있다. 내가 굳이 목청 높여 응원하지 않아도, 충분히 현장감을 느낄 수 있는 매력이 있다. 이렇게 응원좌석과 관람좌석을 나누어 놓으면 1인가구도 부담 없이 축구장에서 축구를 즐기기에 편안한 환경을 조성하는 데에 큰 도움을 줄 것이다.

4-2. 스크린 마케팅

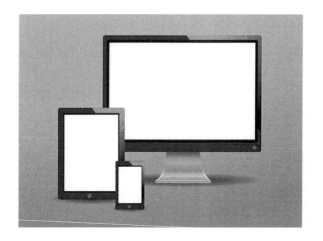

스크린 마케팅 이란?

스크린 마케팅이란 스크린 즉 TV, 스마트폰, 컴퓨터 등의 화면 속에서 이루어지는 모든 마케팅을 통칭하는 마케팅으로써 자주 사용되는 방법은 마케팅 대상을 스크린을 통해 자주 노출시키는 방법이다.

스크린 마케팅의 예로는 우리가 주로 접하는 TV광고가 대표적이며, 스포츠 분야에서 대표적인 스크린 마케팅의 성공 사례로는 미국 프로야구 (MLB)에서 진행한 경기 중계 인터넷 스트리밍 서비스가 있다. MLB가 경기를 인터넷 스트리밍 으로 지원하게 된 계기는 티켓 판매율의 감소와 미국 내 젊은 층이 야구에 대한 관심도가 떨어 졌기 때문이었다.

따라서 MLB의 스크린 마케팅은 인터넷을 통 해 젊은 층이 야구를 쉽게 접할 수 있는 발판을 마련하기 위함이었다.

인터넷 스트리밍을 실시하게 된 결과 메이저

리그는 티켓 판매율은 다소 떨어지는 경향이 나타났으나, 인터넷 스트리밍 서비스 내에서의 광고수입이나 부가가치 상품 판매 로고상품) 등으로 천문학적인 수익을 올리며 총수익이 늘어나는 결과를 얻어 낼 수 있었다.

메이저리그의 인터넷 스트리밍 서비스가 큰 수익을 창출해 낼 수 있었던 이유는 인터넷 광고 수입료는 물론 MLB브랜드로 만든 부가가치 상품을 스트리밍 사이트에서 같이 팔면서 큰 수익을 올렸기 때문이다.

스포츠 마케팅에서 스크린 마케팅이 이루어야 할 점은 팬들과의 쌍방향 소통과 마케팅 대상을 스크린 내에 지속적으로 노출 시킴으로써 홍보효과를 극대화하는 것이다.

먼저 스포츠 마케팅에서의 스크린 마케팅의 역할 중 팬들과의 쌍방향 소통을 중요 하다고 생각한다. 왜냐하면 스포츠의 수요는 결국 팬이라는 점을 주목해야 하기 때문이다.

스포츠 사업이든 공업 사업이든 어떤 사업이든 마찬가지로 사업이 확장하고 성공하려면 결국 '수요자를 만족시키는 상품을 시장에 공급할 수 있느냐'가 관건이다. 즉 스포츠 사업에서의 성공을 위해서는 스포츠 사업의 수요자인 팬들에게 팬들이 원하는 문화 콘텐츠를 공급할 수 있는 능력이 관건이 되는데, 이를 위해서는 팬들이 무엇을 원하는지 알아차리는 것이 필수적이며, 이를 알아내는 가장 편하고 효과적인 방법이 스크린 마케팅을 활용하는 것이다. 또한 스크린 마케팅을 활용하면 팬들과의 소통뿐만 아니라 리그의 홍보나 경제적으로 큰 도움을 줄 수 있다.

가장 유용하다고 생각되는 스크린 마케팅은 바로 유튜브 플랫폼을 활용하여 구단의 계정을 운영하는 것이다. 유튜브를 활용한다면 구단을 홍보하는 것은 물론 팬들이 원하는 영상 콘텐츠를 제작할 수 있으므로 팬들과의 소통에 있어서 큰 도움을 줄 것이다.

또한 구단(리그)의 홍보를 포함한 수익창출을 겨냥한 스크린 마케팅은 메이저리그처럼 인터넷 스트리밍을 실시하는 것이다. 앞서 메이저리그가 인터넷 스트리밍을 실시한 것처럼 단독 스트리밍 플렛폼을 만드는 대신 기존에 있는 1인방송 플랫폼인 아프리카TV, 유튜브, 트위치 등을 이용하는 것이다.

메이저리그의 수요는 비록 과거보다 떨어졌지만, 이미 두터운 팬층을 확보를 한 입장에서는 단독 스트리밍 플랫폼을 개설해도 다른 플랫폼과의 경쟁에서 뒤처지지 않는다. 하지만, 더 많은 팬층을 확보해야하는 과정에 있는 K리그 입장에서는, 이미 깊게 자리 잡힌 기존 스트리밍 플랫폼을 밀어내기란 쉽지 않다.

따라서 기존 스트리밍 플랫폼과의 제휴를 통해 협력해 경기 중계를 인터넷 방송으로 확대한다면, 기존보다 더 접근성이 높아져 팬들이 아닌 사람들이 K리그를 접할 기회가 자연스럽게 늘어나고, 그렇게 된다면 리그홍보는 물론 부가적으로 k리그 관련 부가가치 상품의 판매가 증가하고, 시청률이 상승하는 등 경제적인 측면에서 긍정적인 효과 또한 기대할 수 있게 된다.

현재 대한민국은 세계에서 손꼽히는 IT 강국이다. 실제로 현재 대한민국에 공식적으로 사용되고 있는 스마트폰 수는 2019년 대한민국 통계청 자료기준 약 3300만대로 현재 사용되고 있는 휴대전화의 90%를 차지하고 있다. 또한 대중교통에도 와이파이 이용이 가능할 정도로 IT 인프라가 굉장히 잘 이루어져 있다.

사회적으로 잘 정착되어진 IT기반시설을 바탕으로 스크린 내에서 마케팅을 진행하게 된다면, 기존에 진행하던 아날로그식 마케팅에서 벗어나 전자세계에서도 마케팅을 진행할 수 있으니, 시간과 공간의 제약을 받지 않고, 비용을 절감하는 등 훨씬 효과적으로 마케팅을 진행할 수 있다.

그 예로 페이스북, 트위터, 인스타그램과 같은 사회관계망서비스(SNS)를 이용하여 이전에는 불가능 하였던 팬들과의 쌍방향 소통도 가능해진 점을 들 수 있다. 이렇듯 스크린 마케팅은 기존의 방식의 마케팅보다 더 다양한 방식으로 팬들에게 접근할 수 있으며, 무궁무진한 마케팅 콘텐츠 제공으로 이어지기에, 스크린 마케팅은 앞으로 마케팅의 중심으로 자리 잡을 것이다.

4. 이 책을 마치며

이제 이 책을 마칠 때가 되었다. 이 책은

한낱 스포츠를 좋아하기만 했던 고등학생인 우리가, 대화에서 그쳤을 수도 있는 주제를 살려, 부족하지만 책으로 편찬까지 해보니 감회가 매우 새롭다.

이 책을 읽고 있는 스포츠 마케팅에 관심 있는 학생들을 위해, 우리가 진행하면서 어려웠던 점과 이를 어떻게 극복했는지 말해 볼까 한다.

이 책을 펴는 데 까지 정말 수많은 어려움이 있었다. 그 중 가장 어려웠던 점은 정보 조달에 있어서, 큰 어려움을 겪었다.

처음에는 인터넷 조사, 관련 논문 몇 편과 책 몇 권, 마케팅 관련한 강의 몇 개만 들으면 충분할 것 같았지만, 그렇지 않았다. 생각보다 신빙성 있고 의미 있는 자료와 최근의 자료를 찾는 것은 정말 어려웠다.

당시에는 막무가내로 "왜 정보가 없지"라며 불평만 한 것 같은데 생각해보면, 아무래도 구단 입장에서 스포츠 마케팅 자체가 구단의 소중한 자료이자 노하우이기 때문에 정보를 쉽게 구할 수 없는 것도 이해가 간다.

특히 우리가 직접 만들어 보니, 마케팅을 계획하고 만드는 것 정말 쉬운 일이 아니라는 걸 느꼈다. 우리는 스포츠 마케팅에 관한 정보 부족의 문제를 현장에서 실무를 맡고 있는 전문가를 찾아가 인터뷰를 하는 것으로 극복했다. 하지만, 전문가 분과 접촉하는 과정 역시 쉽지 않았지만 우리에게 운이 따르기도 했었고, 결과적으로 좋은 경험이었다.

두 번째로 힘들었던 점은 꾸준하게 활동하는 것이다. 우리도 이 활동을 무려 9개월이라는 긴 시간을 들여 진행했다. 그 과정에서 꾸준함을 이어가는 것은 정말 힘들었다.

끊임없이 돌아오는 시험기간과 수행평가 기간, 모의고사 기간 등 쉴 틈 없는 학생 생활에서 꾸준히 진로 활동을 한다는 것은 정말 힘들다. 한국프로축구연맹과 대구fc 방문 등 좋은 경험의 기회가 있었지만, 결국 이루어지지는 못했다.

우리는 이러한 위기를 정말 사소한 만남을 자주 하면서 극복했다. 정말 거창하게 날 잡아 몰아서 하는 것이 아닌, 매일 매일 점심시간이나 쉬는 시간 빈틈이 나면 조금씩 조금씩 일을 해결해 갔던 것 같다. 물론 시험기간 뒤나 여유가 있는 경우에는 몰아서 한 경우도 있지만, 웬만해서는 조금씩 꾸준히 하려고 노력했다.

마지막으로 한마디 덧붙이자면, 진로활동을 꼭 일로 생각하고 부담을 갖지 않았으면 한다. 실제로 우리 같은 경우에도 이 활동을 진행하면서 때로는 불평하고 힘들긴 했지만, 그래도 돌이켜보면 이전에 경험할 수 없었던, 새롭고 다양한 경험을 했다. 또한 이 활동을 하고 있을 때는 성취감과 보람을 느끼면서 즐기고, 항상 친구들과 웃고 있던 것 같다. 그러니 진로 활동을 꼭 내가 해야 되는 과제라고 생각하지 말고, 의미 있고 보람 있는 학교생활의 일환으로 받아들이고 즐겼으면 한다,

이제 정말 마지막으로 글 솜씨 부족한 우리의 이 책을 읽어줘서 너무 고맙고, 다시 한번 이

책을 펴는데 도움을 주신 모든 이들에게 감사를 표하면서 책을 마치겠다.

이성진·김재원

이 책의 배송·구매 등과 관련된 문의는 부크크 홈페이지 고객센터를 이용해 주십시오. 수록된 콘텐츠와 관련된 문의는 부크크 홈페이지에서 이 책을 검색한 후, 저자의 이름을 클릭하면 나타나는 저자 페이지의 방명록을 이용해 주십시오.

www.bookk.co.kr

▌누구나 책을 낼 수 있는 곳 부크크

부크크는 누구는 무료로 책을 출판할 수 있는 서비스를 제공합니다. 수많은 작가들이 출판하고자 하고, 일반인들의 저술도 증가했지만 시장성을 따지는 기존 출판구조로 인해 많은 책이 세상의 빛을 보지 못하고 있습니다. 부크크는 이러한 상황 속에서 출판의 장벽을 낮추기 위해서 대안을 제시하고자 시작한 스타트업입니다. 백 명이 만 권을 판매하는 것이 아닌, 만 명이 백 권을 파는 그날까지 부크크는 여러분의 이야기를 기다리고 있습니다!